# 苦楽をともに

吉峯 睦子
YOSHIMINE Mutsuko

文芸社

目次

# 懐かしい日々

# お風呂

私の小学校時代、市内のすべての学校から図画選手、作文選手、習字選手として選ばれた児童が、それぞれの決められた学校に集まりました。私は三年生の時、作文選手になり、男子校附属の教室の机の前で、緊張しながらその日の作文の題が黒板に書かれるのを待ちました。

やがて題名が「お風呂」と書かれ、はじまりのベルが鳴りました。

何を書いたのか記憶はありませんが、最初の行に「ザブンとお風呂に飛び込む音」と書きはじめたのを、何故か今でも覚えています。私の実家はお風呂の順番が決められていて、祖父、父、子供の順で母がいつ入浴したのか全然思い出せません。

嫁いだ家は、お風呂の順番は自由です。都合のよい人から気兼ねなく入れるのですが、私は子供時代の習慣で最後に入浴していました。そして驚いたことは、当時町長をしていた舅は帰りがおそく、お手伝いさんの入浴後でも平気で風呂場から舅の歌声がきこえたりしていました。

私がしまい風呂に入る時、姑上《ははうえ》は必ず「湯かげんは？」と声をかけてくれ、「大丈夫です」と返事しても〝五衛門風呂〟の焚き口から薪を入れて下さいました。

ある日、我が家に地方巡行の大相撲のお相撲さんを迎えたことがありました。その時、あまりの体重の重さにお風呂にヒビが入ったことも思い出になりました。

最近、私の入浴の順番は早くなり、亡き姑上の「湯かげんは？」の声がどこからかきこえる錯覚に、思わず合掌しています。

（「学び」第五十六号）

# 苦い思い出

夏休み、霧島からの帰りのバスの中で、隣のおじ様が「あなたはどこの学校ですか」と質問されました。

「女師附属小学校（鹿児島県女子師範学校附属小学校）です」と答えますすと、「何年生ですか」とのこと。「五年生です」と、また答えますすと、「霧島にある三《さん》山陵《みささぎ》を知っていますか」と言われ、困っていると、「高屋山上陵でしょう」と教えて下さいました。おじ様は山下小学校の先生でした。

私は女師附属の生徒として申し訳なかったと、今でもあのバスの中の苦い経験を時々思い出しながら、三山陵だけは忘れまいと、「吾平、可愛、高屋」と繰り返し唱えています。

また二高女受験の時、試験会場に入場する行列の中、お友達同士で歴代の天皇の名前をじんむ、すいぜい、あんねい、いとく……と、昭和天皇まで百二十四代のお名前をお経のようにすらすらと暗記している声を耳にしてびっくり。私は何も覚えていません。

不安でいっぱいでしたが、運よく無事入学できました。偶然あの時の、歴代天皇の名前を暗記していたお友達と同じクラスになりましたが、なんと山下小学校の優秀な生徒さんで成績もトップクラスでした。卒業以後、神戸に嫁がれてお逢いする機会もなく歳月が流れましたが、還暦の同窓会に出席され、同じテーブルで思い出話に花が咲きました。

阪神・淡路大震災で亡くなられたとの知らせを受けた時のショック。鹿児島在住の級友達による追悼の集いの中、ただ合掌するのみでした。

面影の消ゆることなき亡き友を偲ぶ夜空にまどかなる月

合掌

（「学び」第六十三号）

# 恩師の先生

朝のドラマ「おひさま」。今朝は小学校の卒業式の場面で、私は小学校時代の恩師を思い出していました。

三年生の時の担任の先生はおやさしく、山川小学校の校長先生に栄転されてお別れになりました。昭和十一年、四年生になり、担任になった男の先生は、教師の鑑のような方でした。

あの時代は現在のようにプリントはなく、先生は放課後ご自分で問題をつくり、謄写版にインクを塗り、一枚一枚手づくりの答案用紙をつくっておられました。

授業がしばらく進んだ頃、「この中に三年生の時、全甲をもらった人がいるけれど先生には信じられない」と言われたことがあり、私のことかと、どきりとしたことを、今でもはっきりと覚えています。

四年生から六年生までの三年間、先生は勉強に運動に、心血を注いで下さいました。

六年生になりますと「勉強しているね」と順番なしに突然、家庭訪問なさるので、翌朝の教室では「昨夜は私の家」と話題になり、いつ訪ねて来られてもよいように、おそくまで机に向かう習慣が身についていました。

現在のように塾がありませんでしたから、先生は一人一人の生徒と家庭を大事にして下さいました。授業参観日は決めていなく、いつでも熱心なお母様方が後ろの方に見えておられました。

またバレーボールの練習も熱心で、小学校バレーボール大会で優勝した思い出もなつかしく、「突進」「頑張れ」「助け合い」の標語は今でも私の座右の銘になっています。

卒業後、「尚志会」という名称で同窓会を続け、先生もご存命中は喜んで参加して下さいました。現在、卒業以来七十二年、八十五歳、八十六歳の級友達は、毎年、尚志会の集いを楽しみながら恩師を偲んでおります。

今年は九月五日に開催しました。

忘れ得ぬ師の面影を偲びつつ仰ぐみ空にまどかなる月

（「学び」第四十六号）

# 七十年ぶりの電話

私の小学校時代、現在のように塾はなく、熱心な受け持ちの先生が、教科書の他に児童全員に「発展算術」という部厚い参考書を配布されていました。児童達は一度で解けた問題は一つ丸、少しむつかしかった時は二つ丸、全然解けない問題は三つ丸と、小筆の竹の部分を朱印で捺印して、先生に提出することになっていました。

私は算数が苦手で困っていましたところ、一高女の五年生の家庭教師を我が家に迎えることになりました。その時のうれしさ。先生は鼻筋の通った痩せ型の美人でいらっしゃいました。

才気あふれる方で、どんな難問も簡単に解いていただき、必ず図面を引いて判り易い説明をして下さいましたので、お蔭様で算数の時間を安心して迎えることが出来、女学校受験にもパスすることが出来ました。

その後、戦争、戦災、疎開、結婚と、それぞれの道に消息の判らぬ歳月が流れました。

今年三月十日、思いがけなく七十年ぶりに家庭教師の先生よりお電話をいただき、びっくり。

現在八十三歳の私は、一気に小学六年生にタイムスリップ。おなつかしさで、時々、私の方から先生宅をお訪ねして、夜道で犬にほえられたこと等、鮮明に思い浮かんで参りました。

先生は現在八十八歳。『思い出の人十人』という本を出される由、その一人に私と母のことを書きたいとのご連絡にまた、びっくりいたしました。

先生は宇治市在中、今までに百回程《ほど》本に投稿された由、さすがいつまでも才女でいらっしゃったと敬服しながら、人生はしみじみ出逢いと別れ、その中に忘れ得ぬ人との絆、しみじみうれしく、これから、またご縁を深めてゆきたいと思っています。

（「学び」第三十四号）

# 尚志会のうた

私は女師附属小学校を昭和十四年に卒業。

三年生の時の男女合同の学芸会で、同級生の男の子と兄妹の役になりました。その後、四年生からは男女別々のクラスになりましたが、卒業しても尚志会の名前のもと同窓会を重ねました。

その同級生は成績もよく七高・東大を卒業後、警視庁の幹部に就任。尚志会の時は部屋の外に見張りの部下が見守っていてびっくりでしたが、本人はとてもやさしく宿泊もお友達と同室でした。

現在は残念ながら同窓の男子は全員亡くなられ、尚志会の歌のみ思い出をあためています。

尚志会のうた　　　作詞　玉川美智子

一、幼なじみのわが友ら
この世の嵐くぐり抜け
かつてのケイシソウカンも
尚志の中ではただの友
あゝ二男女　三男女
今となりてはうろ覚え

二、男《お》の子に眩しきマドンナが
在りしと知るはのちのこと
無心に遊びし遠き日の
かわいこちゃんは誰ならむ

あゝ梅檀《せんだん》の大木も
駆けし校庭も夢のあと

三、忘れ難きは亡き友よ
いつかあの世で尚志会
全員揃って乾杯の
音頭を托すは終のひと
あゝ残れる友びとよ
睦みて共に生きゆかむ

作詞は二高女時代の親友、現在福岡の施設住まい、現在も電話で脳トレしています。

我がひと世出逢いと別れ重ね来て九十六年生かされ来つる
変りゆく世になじまずに友人と電話の声を唯一のたよりに

# 桜島

同居の孫が登山に興味を持ち、図書館から日本百名山や田中陽希《たなかようき》さんの本を求め、私にも紹介してくれました。

私は戦前、朝日通りから海岸へ下る汐見町（現在はいづみ町）で育ち、毎日桜島を眺めていました。小学校も女学校も、「朝日輝く桜島」「み空に笑みて紫に映えて暮れ行く桜島」と、校歌とともに、桜島は、私には日本一の大事な山です。ところが、本をめくっても、桜島は百名山には記載されていません。残念です。

加世田に嫁いで初めての里帰りで鹿児島市へ。桜島が車窓から見えた時のうれしさ。胸いっぱいになったことが昨日のことのように思い出されます。何年経っても、桜島は私にとって、心のふるさとです。

桜島は、鹿児島の宝です。桜島登山の思い出とともに、今は亡き級友を偲びつつ、桜島に合掌です。

（「黒潮」令和四年一月号）

# 城山

女学校時代、十七里遠行が年中行事で、足慣らしのため城山登山表がありました。放課後城山に登り、登山表に○印をして帰宅していました。

主人と結納のあと、母が二人のデートをすすめました。城山登山に決め照国神社の近くから登り始めましたが、しばらくして憲兵隊の一人に「この非常時に何事か」と剣先を向けられびっくり。それから二人横に並ぶことも話すこともない、忘れられない初デートになりました。

加世田から鹿児島に出て城山の姿を目にする度に、あの日から主人と共に七十八年、空襲・疎開その後様々な体験をしながら集落一番の長生きになりました。

桜島と共に城山は、私にとって大切な大切なふるさとの山です。四季を通して緑が映える、城山の美しさを讃える小学校の校歌を時々口ずさんでいます。

（「黒潮」令和四年三月号）

# 戦争と平和

# 平和への祈り

平成の世は不穏な中にも安楽な日が続きました。戦争を体験し、平和の大切さを身にしみて痛感していますと、最近世界がゆれ動き、このまま平和が続く保証のない恐怖もあって、なんとか平穏無事な世の中が続くことを祈るばかりです。
科学が進み日常生活は便利になる反面、急速な進歩によってこれからどんな世紀になるのか見当もつきませんが、戦争だけは絶対にだめと家族にも友人にも口ぐせのように話している時、春日真木子さんの次の三首に出逢い、レベルの違う歌のすばらしさに感動を受け、私の勉強不足は勿論、平和に対する想い、祈りがまだまだと反省しました。

地球人七十億を照らす月この荘厳に戦を止めよ

軍隊への再びの恐れあかあかと照りて消しませ今宵の月は
日と月とありて地球は明るきにほとほと見えぬ明日の日本が
（「黒潮」令和元年五月号）

# 私の日記

女学校五年間「心のかがみ」の日記を毎日提出、その習慣で現在も日記を書いて床につきます。そのため日記帳がいっぱい並んでいます。同居の孫から、私のアルバムや日記帳どうするのかとの質問がありました。女学校時代の「心のかがみ」はすべて空襲で消失。その後の一冊を久々に開いてみました。

昭和二十年六月十七日

二十三時半夜間大空襲。鹿児島市街灰塵に帰す。青春の足あとを記した思ひ出の日誌もすべて灰と化し過去の日々も全く夢と同じ。今日より又気を新たにし筆を運ばむ。

我が薩藩の先祖の血と汗をそそぎ築きし歴史の地鹿児島も一夜にして変りはてたり。恨骨髄に徹す。勝利あるのみ。国なくして何の家ぞ。家を失ひ肉親を傷かしめ悲しみの底にあへぐ幾多の同胞。今こそ裸になって真の大和魂を発揮しやう。大君の醜《しこ》の御楯《みたて》と今ぞふるひたたなむ。

萬感胸にこみあげ未だ落付かず。我が行く先も全く闇なれど現実を見つめ明るく戦ひ抜かむ。

手にしてびっくり。十九歳の軍国乙女、過ぎ去りし日の私が脳裏に去来します。戦中戦後、現在までの日本の変化、九十五年間を振り返り感無量です。

吹上の砂丘ににぶき陽は沈みわが足あとも風に消えてゆく

（「黒潮」令和三年一月号）

# 家路

私の実家は鹿児島市の空襲で焼夷弾の直撃を受けました。自分の家から火を出したら非国民と言われていましたので、私は夢中で座布団で消火するうちに、息苦しくなり目も見えなくなって、これが最後と覚悟した時、当時私の婚約者であった現在の主人が助けに来てくれて、命拾いしました。その後、市比野へ疎開し慣れない土地での食糧難の苦労を味わったあと終戦になり、加世田の主人の家へ嫁ぎました。

花嫁修業を何一つ出来なかった戦時下の私は二十歳でした。その時主人はまだ九州大学の学生で、福岡に単身下宿していましたので、主人のいない田舎暮らしの中で、夜になるとつい口ずさんだ歌があります。

「家路」

一、よくとよろこぶ父母《ちちはは》の君
あれ姉上とかけくる妹
恋しき我が家に嬉しや今
帰るとみしは夢なりにけり

二、宵のしぐれはあとなく晴れて
かたぶく月に雁《かり》鳴きわたる
あわれあの雁《かり》もまた我がごと
別れや来つるそのふるさと

夢の間の歳月でした。あの日から七十五年、今年で九十五歳になります。すっかり田舎住まいが大好きになりましたが、もし実家が消失していなくて帰る家があったら、私の人生はまた変わっていたかも。様々な思いをこめて時々なつかしい歌を口ずさんでいます。

市比野の疎開の宿に亡き母と川辺に歌いしゴンドラの歌
吹上の砂丘に立ちて口ずさむなつかしき「家路」しみじみ唄う

※私は「家路」と教わりましたが、正しくは「他郷の月」が曲名のようです。メロディーはヘイス作曲／堀内敬三作詞「冬の星座」と同じです。

（「黒潮」令和三年三月号）

## 過ぎし日の悪夢再び惨状続く

四十代になる同居の孫に戦中の話をしても、「過去のことはいいから、先のことを考えて下さい」とあまり取り合ってくれません。私が日清・日露戦争の話をされてもピンとこないのと同様かもしれません。それでも、体験などを次の世代に伝える大切さは、よく理解しているつもりです。

鹿児島市に住む小学三年生の曽孫は、鹿児島大空襲で私の実家が焼失したことなどを熱心に聞いてくれました。学校で短歌を作る宿題が出たと言ったのはその後でした。

私は「難しく考えないで、思うことを素直につづって」とアドバイスしました。しばらくして「これでいいかな」と見せてくれた初めての一首にびっくりしました。

「あたりまえ　家族いることあそぶこと　そうじゃないんだ　せんそう中は」

私の話に真剣に耳を傾けてくれたと分かり、とてもうれしく思いました。

ロシアのウクライナ侵攻で毎日悲惨なニュースが流れます。孫の一首そのままの映像に涙しています。戦争のない平和な世界を祈り続けています。

「過ぎし日の悪夢再び現実に惨状続くウクライナの街」

（「ひろば」南日本新聞二〇二二年五月二十九日）

# 幻の特攻花

戦争の悲惨な爪跡を何かにつけて忘れ去ることのできない世代の共有する思いは、年を重ねる毎に深まり、戦時下の青春を描くドラマ「おひさま」に度々涙しています。

四季とりどりの花と美しい松並木、金峰山を借景に、見わたす限り広い吹上浜海浜公園は、戦争末期に二百一名の特攻兵が祖国愛に燃えて出撃された、まぼろしの万世飛行場跡なのです。

私が嫁いだ一九四五（昭和二十）年、特攻兵を援護する飛行兵十名が我が家に宿泊。当時町長だった舅《しゅうと》に特攻兵らしい方々がお別れに見え、私はお給仕をしておりました。

滑走路脇は見渡す限り黄色のルービン（ルピナス）の花で埋めつくされ、目のさめるような絨毯《じゅうたん》の景は、祖国を飛び立つ兵士の胸に最後の大きな花束になったかと、幾年経ても鮮明に思い浮かんでまいります。毎年催される慰霊祭に参加された方が「あのルービンの花はどこに。残念」と言われたこともありますが、今は桜並木や燃え咲くつつじの花々に癒される平和な公園として生まれ変わりました。戦争を知らない子供達の憩いの場として喜ばれることを思いつつ、おかげさまでありがとうございましたと万世特攻平和祈念館にある「よろずよに」の慰霊碑に心から合掌しております。

〈咲き満ちし特攻花は基地を埋め黄の色香《くら》き幻となる〉
〈吹上の砂丘ににぶき陽は沈みわが足あとも風に消えゆく〉

（「俳歌吟遊」南日本新聞　平成二十三年七月十四日）

# 空襲

鹿児島大空襲の昭和二十年六月十七日、二中（現在甲南高校）在校中の弟が陸軍士官学校に合格し、動員中の長崎・報国隊から帰宅しました。

当時、私の婚約者の主人も、合格祝いに来訪して夕食後おそくまで談笑し、床についた途端、それまでの暗闇が一瞬昼のような明るさに包まれてびっくり（照明弾）。そして敵爆撃機の爆音。空襲警報も鳴らぬうちの奇襲でした。あわてて飛び起き玄関の防空壕へかけ込み、家族肩を寄せ合いながら思わず「ナムアミダブツ南無阿弥陀仏」と繰り返すばかり。

ふと気付くと、母が寝巻き姿でモンぺをはいていません。私は防空壕から飛び出して母のモンぺを探し、「お母さんモンぺをはいて」と母に渡し、そのまま自分の部屋へ。私の部屋に焼夷弾が落ちて焔がだんだん大きくなっています。当時家から火を出したら非国民だときびしい防空訓練を受けていたので、無我夢中で座布団で火を消すうちに、煙に巻かれて目が見えなくなり、息も苦しくなって、「これまで」と家の中をさまよい、「お母さんお母さん」と声にならない声を出していました。住み慣れた家の出口もわからず、もう少しで倒れる寸前に現在の主人が飛び込んで来て、風呂場の水をかぶせ助け出してくれました。

街は火の海、どの家からも火の手が上がり、振り返ると「山形屋」の窓という窓からは紅蓮の炎が噴き出していました。空には敵爆撃機。軒下まで燃え盛る火の粉。命からがら海岸にたどりつき、軍需部の防空壕に飛び込み命拾いしました。

体験しないとわからない戦争の恐怖。世界中が不穏な今こそ平和の大切さを伝えたいと痛感しています。

（「学び」第五十五号）

# 時移りゆく

夢の間に八十九年の歳月が流れました。平和な時代は小学校まででした。その後支那事変（日中戦争）、また大東亜戦争（太平洋戦争）になり、空襲、疎開、敗戦と、戦後の厳しい苦難の体験を重ねましたので、現在の便利な世の中、物はあふれ、歩く人より車の多い街、すべてが夢物語です。

女学校時代、音楽の時間ドレミファソラシドがハニホヘトイロハの音階に変わり、ベースボールは野球に。敵国語として英語の時間は防空訓練や勤労奉仕に替わり、報国隊として軍需工場の作業に精を出しました。

私の人生で悔いが残るのは英語が話せないことです。海外旅行でもプリーズとサンキューサンキューのみで過ごしながら会話が出来ないくやしさが身にしみました。
これからの若い人々、どうぞ国際人として外国語の勉強頑張って下さい。便利な世の中になりましたのに何故か不安なことばかり、平和な世の中が一番なのです。世の中安穏なれと心から祈るばかりです。

捨て切れぬ古き日記を開き見る鬼畜米兵うちてしやまんと（我は書きおり）
戦時中死ぬこと学び現代は生きるを求む時移りゆく
八十路過ぎ知らぬことのみ多くして生きた化石と思うことあり
携帯もパソコンもだめ今の世はめまぐるしくて住むこと難し

（「学び」第五十九号）

# 平和への祈りをこめて

鹿児島市内から加世田までのバスの中、お隣の御婦人に話しかけられました。その方は、五年前北アフリカの国リビアに国際交流の派遣で行かれ、当時は人も優しく安定したすばらしい国でしたとのこと。御自分の体験を話された後、私に戦争時代のこと鹿児島の空襲のこと等質問され、体験したことをお話しするうち、あっという間に加世田到着。うれしいご縁でその日はサヨナラしましたけれど、後日思いがけなく、六月十七日の鹿児島市大空襲体験発表会でお話しをしていただけないかと、お世話役三人と御一緒に相談に見えられました。「ぜひに」とのことでお引受けすることになりました。

当日、家族にも知人にも内緒で会場に行き、参加者の多いことにびっくりしつつ、学問的なこと政治的なことは判らないながらも、動員された軍需工場「田辺航空」での報国隊時代、空襲の後の疎開先での苦労など、今でも鮮明に記憶していることを発表させていただきました。

これが新聞記事になり、家族や知人に誉められたり怒られたり。ともあれ、戦争を知らない世代の多いことにびっくりした、初めての体験発表でした。

今、世の中はなんとなく不穏な空気に包まれています。他者同士が許し合い、尊厳を認め合うことが大切ではなかろうかと思っています。

過ぎし日に日本の空に飛来せるB29の姿わすれじ
空襲に家失いて疎開地に最低の日々耐えし杳き日
色あせず空襲の日はめぐり来て青春の日々痛みは深し
戦争は集団殺人もう二度と戦う勿れ戦う勿れ

# 戦争を知らぬ世代におどろいて平和の誓い演台に立つ

（「学び」第七十号）

# 父を想う

戦争を体験した世代の一人として様々な感慨がこみあげて参ります。年を重ねても忘れられないあのこと、このことが昨日のことのようによみがえり、私も書き残しておきたい想いにかられて筆を持ちました。

戦争が次第に悪化して防空訓練も真剣に行われた昭和十八年の寒い冬の夜。明日は女学校の期末テスト、灯火管制下、電灯に黒い布をたらして光が洩れないように注意して勉強していたつもりでしたが、警防団の人から「電気の光が洩れている！　防空訓練中なのに統制を乱したのだから水上警察に来い」とのこと。私一人で朝日通りの下の、海岸の水上警察に行きました。

殺気立ったような雰囲気の中で「学校名は？」「名前は？」と矢つぎ早に尋ね

られ、学校名は絶対に言えないと固く口をつぐんでしまいました。

「訓練と思うから勉強も出来るのだ。本当に敵機が飛んで来ても勉強するか！」

と強い口調で叱られ、心配して迎えに来た父のお蔭で帰宅出来来、寒い海岸通りを無言で歩いた光景は、年毎に消えることなく思い出す度に亡き父を偲んでおります。


（昭和六十三年　夏）

# 忘れ得ぬ思い出の夜

三月十一日、東日本大地震による大津波の惨状は正にこの世の地獄絵で、ただただ息をのんで手を合わすのみでした。すぐに海上自衛隊とアメリカ軍が救助開始とのニュースの一報に少し胸をなでおろしつつ、終戦直後の思い出が急に鮮明に思い浮かんでまいりました。

昭和二十年八月十五日の終戦からしばらくの間、加世田万世の新川の沖にアメリカの掃海艇が魚雷等の捜索、爆破除去のため停泊し、夜はサーチライトを照らしていました。

ある休日、万世特攻基地跡で野球を楽しんだアメリカ兵が、帰りのボートが故障して本船に帰れなくなり、何とかしてほしいと近くの日本人に頼んだが言葉が通じず、我が家に相談に見えました。主人が事情を聞いて消防の人や漁民の方々に依頼して、故障のボートを小舟で引いて何とか本船に送り届けることが出来ましたが、その間、ついこの前まで鬼畜米英と信じていたのですから、主人が帰宅するまでの不安は例えようもなく、祖母や姑は仏前に合掌するのみ、私には居ても立ってもいられない長い時間でした。ようやく待ちに待った「ただいま」の声に、家族中が飛び上がって出迎えました。

その後、主人の話は信じられない夢物語でした。主人一人が艦長室に呼ばれて感謝され、手伝った人々への御礼としておみやげ二箱をいただいた由、その中の戦時中見たことも口にしたこともないハム、ソーセージ、バター、チョコレート、キャンディー等、みな大喜びで分け合ったとのこと。我が家もおこぼれを頂戴しました。

あの日の心配とチョコレートの味を思い出しながら、今回、空襲以上の大災害に遭われた皆々様への言葉を失っております。

日毎に各国から次々に援助のうれしいニュースが届く中、私達に出来ることは何かと家族で話し合っています。（2011／3／13記）

（「随筆　かごしま」№185）

# 月明かりの思い出

戦前手広く米穀商を営んでいた鹿児島市の実家では、海岸通りのあちこちの倉庫に山のようにお米や大豆類が積まれておりました。

幼い頃はその中でかくれんぼなどして遊んでおりましたが、清廉潔白な父は一俵のお米や砂糖を私腹することなく食糧営団へ店を明け渡しました。

やがて戦争がはげしくなり、昭和二十年六月十七日の空襲で店も家も全焼し、父の友人を頼って市比野に疎開した時、私は十九歳でした。

それまでお手伝いさんに身のまわりのことをほとんど世話してもらっておりましただけに、見知らぬ土地での食料不足は大変な苦労をいたしました。また勤労奉仕など、数えきれない程様々なことを生れてはじめて体験いたしました。

その中で、この頃なつかしく思い出す、月明かりの思い出がございます。両親と食べ盛りの弟四人の食事の炊事当番は、とぼしい配給生活で材料を手に入れることのみに追われる日々でございました。

母の着物が一枚一枚タマゴやお米に化けてゆきました。そんな時、当時海軍委託生であった婚約者（現在の主人）が、徳山の燃料廠から疎開地を訪れるという連絡を受けました。

私は親切なお百姓さんを頼って遠い田舎道を歩きまわり、やっと小さいバケツにお米と麦を分けていただきました。この時のうれしさ、帰り道はすっかり日も暮れて美しい月が冴えておりました。

あまりのうれしさと月の美しさに、「コロラドの月」の歌を口ずさみながら思わず持っていたバケツを大きく振ってしまったのです。どうしたわけか一方の柄がはずれて、大事な大事なお米がごっそり道にこぼれ落ちてしまいました。はずんだ心はどこへやら、月の明かりに白く浮かぶお米を一粒でも多くと、手のひらに掬いとる時の気持ち……。

母の大切な着物の代償が、砂の交じったお米になってしまったことを打ちあけるのも悲しく、翌朝丁寧に丁寧に水洗いして雑炊の中に入れました。昨夜の失敗は見破られなくてすんだと思ったのはつかの間、朝の食卓についた家族が口々に、「砂がはいっている」と大さわぎになりました。どんなに水洗いしても、砂は水に沈んでしまっていたのです。

心をこめたはじめての手づくりの朝食は、ついに婚約者ののどを一口も通りませんでした。あの朝の食卓の思い出が、ついこの前のことのように鮮明に甦ってまいります。

夢の間に五十余年の歳月を重ね、今年の秋には曽孫が産まれる予定です。

世の中もすっかり変わって、こんな話が信じられない程物質に恵まれた有難い世の中になりました。それに主人や息子達を戦場に送ることもなく、また空襲におびえることもなく、あの時代にくらべると夢のような今日でございます。この平和な世に感謝することさえ忘れて、不平と不満が大きくなるのはどうしたわけなのでしょうか。

たしかに物騒で不安定な危惧を、田舎住まいの私でさえ感じて考えさせられますが、それにしても心配なく三度の食事の準備が出来ますことは、大きな幸せでございます。せめて食前に、また朝夕のご仏前に、感謝の合掌だけは続けたいとしみじみ思います。

いつの日にか市比野を訪れて思い出の田舎道に立ち、またおなつかしい方々とも青春の日を語り合いたいと夢を託しております。

苦しかった日々が貴重に思い出されるこの頃、もう一度来し方を振り返りつつ一日一日を大切に過ごしたいと念じております。

# 黒潮短歌会入会の頃　日記より

**昭和四十年五月二十三日**

六時過ぎ汽車にて市内へ。午後県医師会館の黒潮短歌会会場へ、初めての出会い。

不安と楽しみ交々《こもごも》の心地で出席する。想像以上に充実したすばらしい半日であった。鋭い感覚の方々の中に、私の歌が本当に平凡で幼稚なことを思い知らされる。素直な歌を詠みたいと思いつつ、難しい歌が多いと迷ってしまう。

歌を詠むことが苦になっては楽しみも半減する。趣味を生かす程度で作りたいと思うけれど、努力しなければ歌は詠めそうにない。

大崎先生にはじめてお会いして感銘を受ける。やはりその道一筋に生きられた方はどこか徳をそなえておいでになる。

**昭和四十年六月二十日**

あじさいのうすむらさきの一房にはなやぎて見ゆ雨立ちし庭

「黒潮」の作品を鑑賞していると、短歌を詠む喜びより、自分の無力がなさけなくなってしまう。

今までは自分の歌は素直で誰にもわかる歌で、ほのぼのとしたやわらぎを覚えるなど、自画自賛していたうぬぼれはどこへやら。その道のベテランの方々のご意見や歌に接してゆくうちに、おそれと不安とで、すっかり自信をなくしてしまった。

「黒潮」の同人は生活の中の喜びよりも、悲しみや苦しみをみつめ、それをのりこえた生の喜びと美しさを詠む方が多いように思う。私は、自然の景の歌、子供の歌、それも深くみつめないでそれでおしまいの感じ。もっと勉強しなければならないけれど、無理に深刻がる必要があるのだろうか。本当の喜びをそのままばかりなく表現してゆきたい。

懐かしい懐かしい五十五年前の日記。毎日日記を書き続けながら、また短歌に支えられながら、夢の間に過ぎた九十五年の歳月。感慨ひとしおの思いで古い日記帳を読み返している。

亡き友が早くおいでと夢に呼ぶそのうち逝きますしばらく待って

（「黒潮」令和三年九月号）

# はじめての短歌

「おばあさん、夏休みの宿題で短歌をつくるので教えて下さい」

と小学三年の曽孫、蒼志君から電話。

「難しく考えないで楽しかったこと、うれしかったことなど、五七五七七の順で」

と話しましたが、蒼志君はよくわからないようで母親と電話を替わりました。

母親も俳句は承知していましたが、短歌は興味がなく、五七五七七ですね、と不安そうでした。

しばらくして「おばあさん出来ました」と再び電話が。

「あたりまえ　家族がいることあそぶこと　そうじゃないんだ　せんそう中は」

と、自信なさそうに電話口で詠みあげました。

その日は八月十五日終戦の日。テレビも新聞も戦争中の記事でいっぱい。私も○○新聞のひろば欄に書いていていました。

蒼志君は、私の戦争体験を聞いてはじめての短歌がまとまったとのこと。私はびっくり。孫のはじめての短歌を繰り返し読みながら、胸いっぱい。うれしくて「これからも短歌を詠んでね」と電話。忘れられない一首になりました。


（「黒潮」令和二年十一月号）

平和への祈りをこめて　（「黒潮」令和二年九月号）　十首

我がひと世九十五年の泣き笑い語りつくせぬ空襲の夜

幼な日に過せし街は様変り空襲前の町並み恋し

敗戦を共に泣きたる蟬しぐれ幾年経ても鮮明に顕つ

朝々をはげしく鳴ける千の蟬敗戦の日に思いは戻る

見上げれば雲一つなき大空に空襲のなき平穏祈る

人生の残り少なき我が旅路おだやかなれと平和を祈る

平和への祈りをこめて手を合わす世界状勢日毎に不穏

おだやかに何事もなきひと日なれ祈り空しく世界はゆれる

ありがとうごめんなさいをわすれずに平和な余生生きてゆきたし

のほほんとマイナスのこと気にしない夫のやさしさお手本にして

（昭和六十三年　夏）　二首

夫も若く我も乙女なりき過ぎ去りし日に戦もありて

敗戦の心にしみる名月を仰ぎて泣きし日は遠くなりゆく

生かされ来つる　三首

学徒兵遺影は笑みて我が前に魂魄残す武器はすてよと

若き日は遠くに去りて消えゆけど空襲の夜永久にわすれじ

空を染め夕日が山に沈む時今日の私のひと日も終る

# 仏教の心

# 仏縁

私は実家の祖父のお蔭様で仏縁を結ばせていただきました。人徳篤き清廉なお人柄を、幼い頃より年毎にお慕い申し上げて参りました。

戦前、朝日通りの仏間から朝夕流れた「正信偈」のお声は、今も私を如来様のお声と共に呼び続けて下さいます。仏前に礼拝することを何より喜ばれたお顔、有難い有難いおじい様でした。

昭和十六年十月十九日、八十二歳で亡くなられ、鹿児島別院での告別式に参列された多くの人々、忘れることの出来ない行列が続きました。

その二ヶ月後、大東亜戦争がはじまり、私は十六歳でした。母は祖父の大事な御仏壇を一番に別荘に疎開させ、お蔭様で長男の家で今も大事に合掌の日々が続いています。

（「黒潮」令和四年十一月号）

# いばらの道

数多くの仏教聖歌の中で、私の心の支えに、お経代わりに仏前で口ずさむ歌がありますす。Namo Amida Butsu という曲で、これは戦前のハワイで作られたそうです。原曲は英語詞ですが、松本とおる氏が訳詞をつけて昭和三十四年に日本の仏教機関誌に楽譜が掲載されました。

人生は苦と、お釈迦様が言われたとおり、思いどおりにならないことばかりですが、この歌はメロディーもよく、歌っていると不思議に心が癒されるのを覚えます。

思いも寄らない熊本地方の大災害（平成二十八年の熊本地震）。実家の母が熊本出身で、お墓も熊本のお寺の墓地にあり案じています。我が家を失い途方に暮れる方々のことを案じつつ、ただただ合掌の毎日です。
つらいです見ているだけでつらいです熊本地震思わず涙
お父さん生きていてありがとう抱きつく親子の映像に泣く
仏前に南無阿弥陀仏くりかへす心なぎゆく不思議な力

合掌

（「学び」第六十五号）

# 心の貯蓄

久し振りに長男夫婦が訪ねてきて、おしゃべりに花が咲きました。その中で「お金の貯金も大事だけれど、それよりも心の貯蓄が大事」との話で盛り上がり、子供に教えられながら、うれしい時間を過ごしました。

すばらしい本を読んだ時、有難い御法話を聴聞した時、「心の鏡」ノートに書き残した言葉が私の心の支えになっています。

日めくりカレンダーにも学ばせていただきながら、人は言葉に励まされ癒されることを痛感しています。

・幸福と苦難は表裏一体、幸も不幸も自分の捉え方にある。

・よろこび上手こそ苦しい世に生きてゆく知恵なのです。

・争いの種は私の心から生まれる。
・あなたの笑顔がきっとだれかのくすりになっている。
・努力する人は希望を語り、怠ける人は不満を語る。
・悲しみに出会ったおかげで、今まで見えなかった世界を見せていただけるようになった。
・泣いた分だけやさしくなれます。笑った分だけしあわせになれます。
・やらずに後悔してこの世を去ることが一番辛い。
・人のために灯をともせば、自分の前も明るくなる。
すばらしい言葉に学びながらも、喜怒哀楽の「煩悩具足」条件が揃えば何をするかわからない私なのかもしれませんが、残り少ない人生の旅路、一日一日を大切に終えたいと思っています。

いつの日かいのちの終り必定と死を思う時生は輝く

# 『歎異抄』に学んで

『歎異抄』は七百余年も昔に親鸞《しんらん》上人の信仰を弟子唯円《ゆいえん》がまとめられた小冊子でございますが、不思議にも私の心底をゆり動かし、生き生きした魅力にただ驚くばかりでございます。歯も立たぬような本文をかみくだくように教えていただきながら、驚きが大きな喜びに変化してゆくすばらしさ、信仰の世界を見事に言いあらわし、心にしみるお言葉が満ち満ちています。

私は水俣病裁判判決の前後、テレビや新聞の記事を見るにつけ心が痛んで仕方ない日を過ごしました。婦人会のお世話役をしていますと、一入《ひとしお》に切実に感じ何か可能なお手伝いは出来ないものかと真剣に悩みました。するとまた、森永ミルク事件の可愛想なニュース、次々に報じられる悲しい事件、世の中にあふれている悲劇に呆然とするばかりでございました。

そんな時、『歎異抄』第四章の「今生に如何にいとおし不便と思うとも存知のごとくたすけがたければこの慈悲始終なし」のお言葉に何かはっと目のさめる思いでございました。

人間の限界の悲しさ、人間の業《ごう》を知り、あきらめを知りました。自分の子供の悩みさえ完全に救えない私、まして自分自身さえ迷い続けて生きている姿、どんなに思い悩み、不びんだ、可愛想だと思っても人間世界の慈悲には限りがあり、結局一人の命を抱きしめて精一杯生きてゆかねばならぬ運命《さだめ》に気付く時、真実の信仰に生きる手がかりがつかめるのを感じます。

いつどこでも喜び、悲しみをお見通しの仏様の温かい慈悲に抱かれていることを知る安らぎ、その喜びを知る程一回きりの人生、誰もかわることの出来ない自分の人生を如何に生きるかという問題を『歎異抄』との対話によって深めてゆく有難さは例えようもございません。

顕証寺の『歎異抄』に学ぶ会が発足して早五年、冬の寒さにストーブを囲みながら、夏の暑さにうちわを持参しながら老若男女を問わず、小人数ながらそれぞれの疑問を語り合う夜は、月に一度の私のたのしいひとときでございます。

物で栄えて心で滅ぶといわれる現代に於いていそがしさについ自分を見失いがちな時、七百年の真理に耳を傾ける時、何か心洗われるようでございます。

一人でも多くの方にお集りいただくようおさそいすることが、今の私に出来る唯一つのお報謝だと思うことです。

生かされつつ生き抜く人生と聴聞し思わず唱う称名念仏

合掌

（「泉」No.16）

## 祖母の臨終に導かれて

主人の祖母の臨終の光景は、幾年経ても鮮明で脳裏から離れることはありません。

八十四歳の祖母は寒い夜トイレに行く途中、ころんで障子の桟で額を打ち血管が破れて出血、日毎に衰弱。一週間目の夜、「ご住職をお呼びして」とのことで、枕辺でお住職坊守様、家族、親戚揃って正信偈を読経しました。当時私は三十九歳で、祖母の手をとりながらもう一度お元気にと祈り続けて参りました。

今際の時、「力なくして終る時彼の土には参るなり」の声を残して祖母は静かにお浄土へ旅立たれました。

当時私は、最後の言葉が『歎異抄』のお言葉とは存じませんでしたが、お寺の勉強会で『歎異抄』に学ばせていただきました時、祖母の言葉と重なりびっくりいたしました。祖母の時代は小学校もなく文字も読めない人でしたが、お寺第一の信心家でございましたので、お経やお文章、『歎異抄』を空んじていたのだと、心から敬服するばかりです。

私も来年は祖母の年を迎え、いよいよ残り少ない貴重な日々をと思いつつ、祖母のようなすばらしい死に際にはとても及ばぬことを痛感しています。

悟りとは身につくことと、お法話をお聴きしたことがありますが、祖母は死の際まで念仏者であったと、身近なお手本の祖母に少しでも近付きたいと思うこの頃でございます。

合掌

（「読者のページ」）

祝米寿 吉峯幸一を詠む　仏縁　十八首

大いなる佛の胸に抱かれて甘える日々の多きを悟る

幾そたび聴聞なせど煩悩にゆらぐ心を賛歌に流す

無常観胸痛きまで迫る時永遠なるもの求めて止まず

人生の早過ぎ去りし八十路坂命鎮むる雨音をきく

様々な我が煩悩は満月の光に洗われしばらくを澄む

我が姿鏡に映し我が心佛法に聴く寺に集いて

人吉のかくれ念佛訪れて我が信心の浅きを悟る

命かけ念佛守りし人吉の里の谷間に幻の声満つ

はばからず念佛唱う今の世にまことの信をつらぬき難し

大いなる落日雲を染める時夕を送る顕證寺の鐘

人の世はいばらの道のはるけくて涙する時み佛に逢う

有難や佛の縁に生かさるるいのち尊し南無阿弥陀佛

何のため寺に参りて聴聞す雨降る夜は心弱りて

祈りても何も生まれることなきに心安らぎ光さし来る

み佛に抱かれる身の幸を夜の法座にしみじみと聴く

ローソクの燃えつくるごと我が生もいのちの限り燃えて果てたし

煩悩にゆらぐ心をみ佛にゆだねて夕べの寺の鐘きく

念佛と出逢いて嬉し我が生は一すじの道迷わず歩く

# 日々の想い

# 恩師百歳の集いとトーク会

私は二高女、昭和十九年卒。同期同窓会の愛称を「十九年卒、おしゃべり、遠くより」の三つの意味をこめて「トーク会」と命名、今日まで同窓の集いを重ねて参りました。

東北の大災害に心痛の日々でしたが、五月十六日、恩師百寿の祝宴に県外の友も見え、久々になごやかで、うれしいひとときを楽しみました。

先生は数学の先生でいらっしゃいましたが、細身の姿勢もすっきり、歩行もしっかり、ご挨拶も要領よく、私はいつの間にか女学生時代にタイムスリップしながら、県外の友との絆を再認識できました。思い出の通う友との再会は、一入になつかしく感動しました。

先生は八十歳からハーモニカを練習されたとのこと。三曲スムーズに披露していただき、最後に「け高く優しき少女子　われに」と伴奏入りの校歌を合唱しました。

私はすっかりセーラー服時代に若返り、戦時中口ずさんでいた「我があこがれは空をゆく」を思わず歌っていました。

朝のドラマ「おひさま」は私達の青春時代そのものです。

おみやげに「教育勅語」のパンフレットを下さったお友達もあり、防空訓練、報国隊、挺身隊の思い出は語りつくせぬことばかりです。

世の中がすっかり変わりましたが、いとしみて育てた子や、孫達を戦場に送ることだけはいやだと痛感しています。

師の君の百寿の集い若葉風

新緑や同窓の友若く萌え
百歳の恩師の吹けるハーモニカ乙女となりて校歌うたいぬ
めぐり合い又別れゆくトーク会相会って語る刻は短し
我がひと世85年ふりむけばいなづまのごと過ぎてゆきたり

（「学び」第四十五号）

# エリザベス女王様祝賀式

今年六月二日、エリザベス女王陛下在位七十周年の盛大な祝賀パレードの映像に、感慨を深めました。戦後はじめて福岡の映画館で、女王様結婚式のニュースに感動した日が、ついこの前のように鮮明に思い出されました。

美しい女王様、素敵なフィリップ殿下、お似合いのお二人にときめいたあの日から夢の間の七十余年。女王様と同齢の私。結婚も同じ年でした。昨年、最愛のフィリップ殿下に先立たれての今回の祝賀会。御夫君愛用の杖をしっかり握りしめてお立ち台に立たれた女王陛下のお姿に、胸いっぱいになりました。

ダイアナ妃の悲劇や家庭内の複雑な問題は勿論のこと、国内外の様々な行事や最近では国内のストのニュース等々。ご心痛如何ばかりかとお察ししつつ、何卒お大切にと敬愛のエールを捧げたいのです。

エリザベス女王陛下の祝賀式一糸乱れぬ騎馬隊の列
三日間百万人の祝賀式空と陸と行列つづく

（「黒潮」令和四年九月号）

# 受験生に梅の香を

今年も寒に耐えて庭の梅がほころび始めました。この季節は受験生を持つご家庭では、例えようもない不安なお気持ちの明け暮れかと思います。

我が家も四人の子供がそれぞれに成長しました。今振り返ってみてやはり入学試験の前後、発表までのやりきれない想いが一番印象深く思い出されるようです。子供の病気は心配しながらも何か母親らしい心遣いと手助けが出来ますけれど、受験ばかりはどんなに心を痛めても、子供に代わってやれないのですから、運を天にまかせる以外にありません。

先日、ラ・サール高校受験のテレビ放映を観てびっくりいたしました。受験地獄のますますの苛烈さに、今の子供達は可愛想だ、何かよい思案はないかと、田舎住まいの私でさえ考えさせられるひとときでした。心と知能と体力との三本の柱がバランスよく保たれて、よい人づくりが出来るというお話をお聞きしました。現代はあまりに知識にかたよっているのではと思いつつ、交通戦争もなく、塾もない時代に子育てが終わった幸せをしみじみ思う半面、いつの間にか今度は孫達の問題として、教育のこと受験のことが心配になりそうです。

めまぐるしい競争社会に心身共すりへらしてゆく子供達の将来に幸あれと思うひととき、庭の白梅が馥郁と匂いながら春の訪れを告げてくれます。「受験生の皆さんお大切に」と祈らずにはいられません。

（「ミニコミかせだ」昭和六十年三月発行No.1）

# 野良猫「貧相」

我が家に迷い込んだ猫を娘と孫が猫可愛がりしており、それも尋常ではありません。私の母が有名な猫好きで、お友達の皆さんのおみやげに猫の置物やポスター写真等をいただき、それを部屋中に飾っておりましたので隔世遺伝かと思う程です。

猫の名は「貧相」。あまりに可愛らしくないので、可哀想にそんな名前で呼ばれるようになりました。

ある日、「貧相」が交通事故に遭い、腰から下へ複雑骨折の重傷を負い病院へ運びました。

お医者様が「私の恩師がこの手術をして失敗しましたので、自信はありませんが、手術されますか。それとも安楽死か決断して下さい」とのこと。娘と孫は迷ってしまい私にその答えを求めました。私の顔を見ながら「ニァンー」と鳴く「貧相」に、安楽死とは耳ざわりはよいけれど、殺して下さいと決断することの迷い、私にも答えは出せませんでした。

一日おいて孫から、「手術代（十五万円）は僕が持つので出来る限りのことをしてほしい」との答えが出て、先生にお願いしました。

「結局手術は失敗でした。手術代はいりませんので、この猫は私の家で育てることにします」とのこと。自由に歩くことも排便も出来ない「貧相」は、先生の家の猫になりました。

その後、先生のご家族に可愛がられ、よい食事と愛情に見守られて、訪れる度に毛並みもよくなっていきました。心配された歩くことも排便も出来るようになり、見違える程品のよい貴族の顔に生まれ変わりました。

あの時、安楽死を私が決断していたらと、複雑な思いもありますが、よい体験をいたしました。

生死の問題人事ならず、生かされている日々いよいよ大事に思いおります。お医者様のご家族に心から御礼申し上げます。

（「学び」第39号）

# 活き活き生きる

技術よりあきらめないで努力だと重みの言葉メダルを胸に

ロンドンオリンピック各部門で多くの感動をいただきました。メダルの重みをかみしめながらどの選手も、「支えて下さった多くの方々に感謝。有難うございました」と、涙と笑いの中に自然にこぼれるすばらしさに、惜しみない拍手を送りました。そしてあきらめないこと、頑張ることの大切さのお手本を見せていただきました。

私は好きな言葉や標語を「心のかがみ」ノートに転記しています。

○あきらめないことが自信になります。

○やれば出来るやらないから出来ない。
○あきらめの中からは何も生まれません。
○頑張りが花ひらく。
○頑張った分だけ喜びは大きい。

しかし、あきらめること、頑張りすぎないこともまた大切と思うことも体験します。

あきらめは、あきらかに見ること、であり、
○急がずあせらずあるがまま。
○熱中し過ぎると事をし損じる。
○頑張ることは我を張ること。
○頑張れの声よりも共に泣ける心の大切さ。

等々。

　結局はどんな歩みでも無駄にならないのではと思いつつ、いつも誰かにお世話になっていることへの感謝の気持ちをわすれず、今日一日を大事にと思っています。

　そして、世界や日本、その上自然の災害など、しみじみ世の中平穏にと心から念じています。

合掌

（「学び」第五十一号）

# 大往生

我が家の道路をへだてた前向こうに釣り具と野菜のお店があり、年を重ねる毎に私にとって大切なお店になっています。

そのお店の御主人が三年前病気になられ、お見舞いに伺った時、「睦子さん、お見舞いはいりませんから、香典をよろしく」といつものようにユーモアたっぷり。しばらくして点滴の用意をしに来た看護師さんにも、「点滴の代わりに線香を」等と、看護師さんも大笑いされましたが、病状は危険な状態でした。

そして私に「僕が死んだあと、店をやってゆけるでしょうか」と真面目な質問をされました。私は「大丈夫大丈夫、あの奥様とお嫁さんなら何もご心配いりません」と、心から自信を持ってお伝えしました。

御主人は「有難う、安心しました」と最後の笑顔がお別れになり、その翌日、亡くなられました。

あの日から三年。御主人亡きあと、奥様と息子さん御夫婦が、釣り人のため朝五時前後から店を開いて懸命にお店を守っておられます。

今日も買い物に行き里芋を求めますと、一個一個中身をたしかめて下さいました。大根も「大きいですよ、半分にしましょうか」と、相手の立場を考えての心遣いがうれしく、今の時代に貴重なお店、いよいよ大事に思っています。

亡き御主人様、ご安心くださいませ。

臨終の友を見舞えばわが命今日か明日かと覚悟してあり

最後まで死を受け入れて笑み給う大往生の道広さん　あ・あ・

（「学び」第五十八号）

# 新春雑感

ラジオから流れる雅楽の音、静かな新年の朝あけ、お正月の準備のととのった家のたたずまいに、日本古来の伝統のよさをしみじみと味わう。すべての点で佳き年でありますよう心から元旦の祈りをこめると、何かしら身のひきしまる想い。

六時半、お寺の正月会《しょうがつえ》に参列、厳粛な雰囲気の中に、「み法の生活を日常生活に」とのお法主様の御法話、身にしみて味わわせていただく。帰途朝の墓参り、すがすがしい気持ちでご先祖の徳を感謝申し上げる。

とにかく家族揃って初春を迎えることは、何よりの喜び、こたつを囲んだ子供達の笑顔に、将来の夢もひろがる想い。四人の子等がすっかり成長して、あんなに可愛らしかった太郎が、歌の文句の通り私を十センチも追い越して、口ひげの好青年になってしまった。この子が私に抱かれてお乳を飲んだ赤ちゃんとは、思われない程大きくなったことが、こんなにうれしくてならないのに、もう一度赤ん坊になってもらいたい、もう一度、抱っこして甘えてくれたらなどと、矛盾したことを考える。

お店におつとめして一年、昨年は私の就職の年。家庭と仕事と両立するかと悩みながら、泣き笑いの年がとにかく無事に終わった。今まで事務の仕事なんてよそ目には、一日中机に向かって椅子に腰かけ、楽な仕事の標本みたいに思っていたのに、実際自分が当たると、神経をすりへらすことに驚いてしまった。他人の仕事は楽にみえるけれど、慣れるまでの努力は、たいへんなこと。とにかく若い人との中で、苦手のソロバンをはじく苦労、その上複雑な事務の仕事に追われると、はじめは家庭生活が恋しくなった。多忙多忙とこぼしながら、台所仕事と掃除洗濯、そして子供達の世話に追われていた頃の自分が、かけがえのない幸福な時代に思われて、一日中事務所の中で数字に追われる生活に、どれだけの人間的な進歩が見出されるかと、幾夜も寝られない程悩み続けた。けれど世の中には、職を見つけても、職場のない人のあることを思えば、それだけでもどんなに恵まれているかと考え直すうちに、だんだん仕事に対する意欲が湧いてきた。無意味に並んだ数字にも、一字一字、意味のあることに、喜びを見出し、日毎に夢中で仕事をするうちに、若い方々との中で、自然に気分も若やぎ、また主人との話題も、仕事を通じて、夜のふけるのもわすれるようになった。一番心配した子供達の世話も、姑上様のお心づくしや、子供同士自発的に自覚して、案ずることもなく、それぞれに委員長など務めて嬉しい限り。

夏のクリームジュース製造時期の多忙な日々も、今は楽しい思い出になり、仕事を持ち得た喜びを、心からうれしく思うこの頃。

今年こそは、もっともっと情熱をもやして、仕事に対しても誠実、他人にも自分にも誠実に、努力を重ねて、理想の階段を一歩ずつ前進したい。

仕事に追われるばかりでなく、夜の月例会にはできる限り出席して、とりのこされがちな社会面の勉強を皆様方と共に、話し合って勉強させていただきたく思う。

年頭に当たり、日本と、世界の国々の平和を、心から祈念しつつ。

昭和三十七年　元旦

（「泉」No.4）

# 「女のさむらい」

孫のメール友達のスペインの青年が、三度目の来訪に家族中で大歓迎。

最初は殆ど孫と英語で会話していただけなので印象に残りませんでしたが、二年前の二度目の来訪では、「日本大好き」と北海道から屋久島まで全国を旅していました。彼の日本についての豊富な知識と丁寧な日本語にびっくりして強い印象を受け、食後に発した「かたじけない」は「学」誌に発表させていただきました。

今回はアメリカに一年留学後、九州大学に一年留学し、成績優秀で授業料免除だったとのこと。司法試験にも合格し、その證書を見せていただき感心しました。

母国スペインの弁護士免許はすでに取得している青年は、背丈もあり体重八十五キロ、性格は明るくやさしく、我が家では醤油製造の手伝いを二日間。「とても楽しいでした」と何でも挑戦の好青年です。

これからニーヨークと東京で勉強して国際弁護士になる予定ですが、最後の日的は、母国で政治家になりたい由、夢に向かって成功してほしいと心から思っています。

私のことは「日本のおばあさん、女のさむらい」と呼んでいました。世界中の人と言葉が通じ合って仲よくと、平和への祈りをこめてさよならしました。

日本が一番好きとスペインの孫の友人三たび我が家へ
九大の司法試験に合格すスペインの友二十六才
日本語上手になりてイケメンのスペイン青年豊富な話題
英会話上手に話す孫と友国際交流スペインの友
いつの日か母国に還り政治家にスペイン青年夢に向かいて
さよならは悲しいですと涙するスペインの友又逢う日まで

# ノーベル賞受賞の赤崎氏を悼みて

令和三年四月二日、テレビのニュースでノーベル物理学賞受賞の前日に亡くなった赤崎勇氏の訃報を目にしてショックを受けました。

氏は実家の弟と二中時代同級生で、我が家にも見えて仲よし。赤崎君が授業中にすばらしい質問をして、お蔭でクラス中勉強になった、と弟が話していました。勿論級長さん。その後、七高、京都大学と親交があり、平成二十八年浄土真宗鹿児島別院での講演会の時、私も参列させていただきました。最初にノーベル物理学賞受賞式前夜と当日と思われる映像の上映があり、その後に講演会。皆熱心に勉強させていただきました。

私には勿論むずかしいことは判りませんでしたが、「きびしい研究が続く中、仲間も次第に去って、私一人荒野を行く心境でした」とのこと。忘れられない印象深い発表でした。

当日の柔和な先生を偲びつつ、心から合掌のみです。

我れ一人荒野を行くと赤崎氏青色ＬＥＤ実現への道

合掌

「ミルキーブルーの河」　三十二首

未知の国ニュージーランドの旅はるか叶わぬ夢が今日はじまりぬ

カンタベリー見渡す限り牧草地人家は見えず牧羊の群

ゆるやかに時は流れて草原の羊に似たる白雲の浮く

戦の無き国のよさどことなく人も自然も寛容なりき

あくせくと時を惜しみて過ぎ来しの我の生きざまふとふりかえる

コンニチハあっという間にサヨウナラ日本食堂湖畔の少女

プカキ湖は絵ハガキの景そのままに無数のカモメなつきて寄りぬ

正面にマウントクック白く立ち鋭角の峯あたりを圧す

オスマン氷河コバルト色にてり映えてマウントクックの峯は芸術

タスマン河雪どけ水をたたえつつ大河となりてゆるやかにゆく

日没の氷河は夜の化粧して赤く色染め幕をおろしぬ

あなかしこ神々住まうか山の裾今宵一夜の宿許し乞う

タスマンの流れに沿いてひた走るマオリの歌う調べ身にしむ

さざ波のダンサン湖畔に降り立ちてそれぞれのカメラのシャッターを押す

アロー河砂金の悲話を残しつつ澄みて流るる昔のままに

草原にただ一軒の家見えて洗濯物あり人住まうらし

スーパーもコンビニもなき山の中鹿と羊の放牧つづく

あざらしは岩辺にねたり泳いだり観光客のシャッターを浴ぶ

億年の氷河はとけて流れ来る滝のしぶきを船上に浴ぶ

豊かなる氷河の水は渓谷をミルキーブルーに澄みて流るる

ミルフォード入江の遊覧海なぎてタスマン海の水平線を見る

憂きことは山にも海にも捨てゆきて我のみの時間大自然の中

ツチホタル短きいのち燃えつくし鍾乳洞に光の絵をかく

地底湖に舟浮ばせてツチホタル息つめて見る魂うばわれて

原住民マオリの歌に聞き惚れてタスマン河の朝夢心地なる

フィジーの村に一つの教会をキリスト教は世界に根付く

生活の貧しさ語る洗濯物洪水の家にぬれつつ並ぶ

順調な旅の終りのハプニング交通遮断にしばし声のむ

ボートにて濁流の川渡るとの緊急事態におののきやまず

ゆっくりと難所の川をバスは行く神様仏様ナムアミダブツ

玉砕のタラワ・マキンの上空を飛びつつ過ぎし戦を憶う

機上より頭を雲の上に出す雪化粧せし富士は秀麗

惜別　昭和四十年十二月三日詠　二首

茜雲くれゆく山をこがす時夫ほゝゑみて我が側にあり

悠久の夜空はるけく星冴へて苦楽の年も今宵暮れゆく

京都へ旅立ちし夫を想いて　昭和四十二年五月廿七日詠　二首

呼び交すつばめの声に目ざむれば若葉の庭に紅葵色めく

せせらぎの水の清さよなつかしき渡月の橋を君渡りいむ

# 家族を詠む

# 正直は一生の宝

我が家の家業は醸造業、醤油を製造しています。主人の父が存命中は毎週月曜日に朝礼があり、その度に「正直は一生の宝」と繰り返していました。私にも「醤油一本でも必ず現金で買って社員の手本になるように」とのことで、店の商品を自由にすることは出来ませんでした。

舅が亡くなっても「正直は一生の宝」は、いつの間にか私の身にしみこんだように思います。

南さつま市の島津日新公の「いろは歌」の中にある歌を紹介します。

苦しくとすぐ道を行け九曲折《つづらおり》の末は鞍馬のさかさまの世ぞ

「たとえどんなに苦しくてもまっすぐな道を行き、正しいことをしなさい。もしつづら折のように曲がりくねった道を歩き不正をすると、その末は鞍馬の暗い道から逆さまに落ちるような目にあうものだ」と「いろは歌」のカレンダーに納得しながら、舅の口ぐせを痛感しながら、私もまた子や孫に伝えてゆきたいと思っています。

（「学び」第五十四号）

# 挨拶

実家の母は細川家の家来で武家育ち。幼い頃より「誰にでもペコペコ頭をさげるな」と育てられた由。その母が、「実れば実る程頭を垂れる稲穂かな」の家訓の商家に嫁ぎ、低姿勢の日々の苦労は大変だったと、若い日の思い出を話していました。

私は生まれた時から商家育ちで、父の挨拶に対してのきびしさは一入でございましたから、自然体で挨拶することが身につきました。

商家に嫁いでからも「いらっしゃいませ」「有難うございます」と何の抵抗もなく頭を下げることが出来、亡き父に感謝しています。

通学の子供達の「おはようございます」、学校帰りに「こんにちは」「さようならら」との挨拶の声に元気をもらいながら、「行ってらっしゃい」「おつかれさま」と私も声をかけてなんとなくほのぼのとした気持ち。見知らぬ子供達の笑顔と挨拶に救われながら、我が家の子供や孫達にも挨拶の大切さを身につけてほしいと願っています。

例えば、いのちをあずけて乗るバスを降りる時、「有難う」の一言で運転手さんもどんなに気持ちのよいことでしょう。

挨拶は、世の中を明るくする一番の早道だと思っています。

（「学び」第三十七号）

# うれしい手紙

長男は六十八歳。小学六年生まで田舎の我が家で育ち、当時田舎から市内の高校に進学することは大変な時代でしたので、鹿児島市の磯に住んでいた私の両親の家に下宿させて清水中学校へ。その後、鶴丸高校へ進み東京の大学へ。私との生活は小学校時代だけでした。

この度、私の歌集『託す想い』を読んだ長男から手紙が届きました。

「母上の生き様が滲み出ているすばらしい歌集になりましたねェ。私の知らない人生を歩まれたことをはじめて知りました」

と、一首一首に自分の考えをまとめての手紙が続けて三通届き、私への何よりの心のプレゼントになりました。

六年生までの思い出のみの長男には、いつも心残りがありましたので、一入うれしい手紙に元気をもらいました。

勿論受験や結婚等、それなりに心配しましたが、やさしい伴侶とともに立派に自立してくれたこと、それが一番の喜びでした。

私の一首

終の日に有難うねと言いたいと心から思う言わねばならぬ

の評に「あの大変な時代に四人の子供を育てて店のため頑張ってこられたのですから、こちらの方がありがとうです」とあり、思わず胸いっぱいになりました。最後に「努力できることが才能。あきらめないことが才能。最高の才能は根性だ」とまとめてありました。

いつの間にか子供に教えられることばかり、長生き出来たごほうびかと、思わず合掌しています。

追記

池田先生には『託す想い』について心から御協力をいただきまして、感謝申し上げております。有難うございました。

（「学び」第六十二号）

## 第一信（母から長男へ）

太郎さんを市内に送ってから二十日、さびしさに慣れるどころか、日が経つにつれて何か力が抜けてしまったわびしい気持ち。家の中のどこかにあなたがかくれているのではなかろうかと、見廻してしまいます。

今日は学校で失敗しなかっただろうか、変わったことはなかったろうかと、毎日お話し出来ないことが物足りなくて、この前送ってもらった写真を毎日眺めながら話しかけています。

昨夜も声を聞きたくなって電話しましたのに、どうしてこんなに会いたいのかしら、二十四日にＰＴＡがあるということで喜んでいます。

もうすぐこの手紙が届く頃に会えると思いますが、手紙を書きたくなりました。

毎日、雨が多くて朝夕寒い日が続きますから、風邪をひかぬよう注意して下さい。

お母さんも婦人会の仕事をやめて、ゆっくり家の仕事が出来るようになりました。しばらくやめていた土いじりなど、はじめてみたいと思います。

次郎ちゃん達はあいかわらず大さわぎ。元気が余って朝から晩までつけまわり、相撲からけんかに早がわりしてお母さんは毎日ハラハラ、心が落ち着く暇がありませんが、病気されるよりも元気で有難いと考え直しています。

この前、昔の日記帳を読みました。太郎ちゃんが生まれた頃のでした。「ぼんやりするうちに坊やが一年生になってしまう。その時しっかりしたお母さんになっているように勉強しなければ坊やにも申し訳ない」と書いておりましたのに、十五年間が夢のように過ぎ去った感じです。次々に妹や弟が生まれて、太郎ちゃんはお母さんに甘えた頃は思い出されない程だと思う時、すまないような気がします。それでもやはりはじめての子供で、お父さんも、お母さんも言葉にならないくらいの愛らしさとうれしさでいっぱいでした。「兄さんだからしっかりしなさい」と、いつも言われたあなたは、どんなにいやな思いをしたでしょうか。太郎ちゃんがいなくなってから、あなたのよかったところばかり思い出されて、あの時はもっとこんなにしてやればよかったのにと、毎日おわびしています。十姉妹《じゅうしまつ》のヒナもすっかり成長して、もう自分でえさを食べられるようになりました。ちょうどあなたが一人で家を離れて、自分の道を歩きはじめたのに似ています。

慣れない学校や家庭で困っていることと思いましたのに、しっかり勉強しているらしく安心しています。

人間はうぬぼれてしまうこともあぶないし、また自信を失ってもいけません。努力を重ねてほんとうの喜びを自分自身のものにして下さい。六年生まではいろいろ子供扱いでうるさいことばかり申しましたけれど、これからはよい話し相手になれるよう、お母さんも新しい時代におくれぬよう、本など読んで勉強したいと思います。

二十三日の夜か二十四日の朝に出てゆきますから、頼むものがあったら電話して下さい。こちらはおばあ様が病気、おじい様は九州一周の旅行に出かけておられます。磯のおじい様、おばあ様によろしくお伝え下さい。

勉強と精神（心）と体力と、どれか一つでも欠けたら困る世の中だと思います。目的に向かって頑張って下さいね。会えるのをたのしみにしています。

母より

幸太郎さんへ

四月十九日

# 夫の入院

南さつま市は、健康都市宣言のため毎年健康診断の通知があります。主人も私もお蔭様で大きな病気をすることなく、二人とも九十代を越えましたが、我が家のお隣の病院で健康診断を受けたところ、主人の心電図に異常がありました。

紹介状をいただいて県立病院でくわしい診察をした結果、思いがけなくペースメーカーを入れることになりびっくり。私も子供達も無理なことはしないと話し合っていましたが、本人が乗り気で本人の決断にまかせて十月十三日に手術しました。

結果は先ず良好とのこと。一安心していますが、年を重ねて一番大切なことは健康。次に支える人のある安心。この二つを痛感しました。

子供四人とも鹿児島県在住のため、すぐに嫁や孫達と共に見舞ってくれました し、幸いに私も元気で嫁いで七十一年、はじめて主人の口に食事を運びながら二度とない体験をしました。

どんなことをしても、生老病死は間違いのないこと。ベッドの横でペンを持ちながら、どんな時もやさしかった主人の寝顔に「有り難う」と、声にならないエールを送っています。

手術後の絶対安静三日目にやさしき夫は苦痛に耐えて
ねむられぬ術後の痛みに耐えし夫ようやくねむる午後一時十七分
痛み止メようやく効きて夫の息リズムたしかに深きねむりに
入院の夫の横顔スケッチす鼻の高さを再認識す
私を「ネェばあさん」と口ぐせに夫の呼ぶ声心の襞に

松ぼくりあまた散り敷く病院の松林の道夫に寄りそう

（「学び」第六十七号）

# 愛犬パピー

十五年前のある日、小学生の孫がデパートのくじで特等が当たったと、可愛らしいシベリアンハスキーの子犬を抱いて帰って来ました。我が家にはシロという犬がいますので、二匹はだめと私は反対してお返しすることにしました。しかし時すでに遅く、くじ引きの場所は終了していました。社長夫人にお願いしましたけれど、「現在は改良されて大型犬にはなりませんよ」とのことで、とうとう我が家に引き取り、パピーという名前をつけました。

パピーは家族の愛情を受けてみるみる立派に成長し、あっという間に大型犬になりました。シロはパピーの子を一回出産しました。パピーは上品なハンサム、子犬は白と金色の毛並みが美しく、すぐに愛犬家が引き受けて下さいました。

あの日以来十五年、家族同様の日々を重ねました。小学生の孫は成人し、カメラが趣味で、パピーとシロの写真で写真展に入賞したり、彼らはさらに大事な存在になりました。

昨年十二月、パピーの様子がおかしく、病院の先生に往診してもらいました。胃捻転との診断で、家族の見守る中、あっという間の最期でした。

犬の火葬場に連絡して、我が家をサヨナラする時、大きな箱に花をいっぱい入れ、私はお経を読んで見送りました。娘夫婦と孫が火葬場から帰宅した時、人間以上の美しい骨袋に「愛犬パピーの霊」と書かれた位牌までいただいてきてびっくりしました。孫は仏間に祭壇をつくり、手を合わすようになりました。

いろいろむずかしいことを言う人もおられますが、家族の一員としての十五年間はかけがえのないものですし、孫が合掌することの習慣が身についてほしいと、今は何よりうれしく思っています。

それにしても、残されたシロはパピーのいなくなった理由が納得できず、寂しがってノイローゼ気味、我が家の心配事です。
生と死を考えさせられるこの頃でございます。

(「随筆　かごしま」No.179)

# 有難う

　鹿児島空襲の日、住み慣れた我が家なのに、火を消すうちに煙にまかれて出口が分からなくなりました。「お母さん」と呼んでも声にならず、倒れる寸前に婚約者の主人に助けられて……。主人は私の命の恩人です。

　戦後結婚して七十八年。主人はお人好しすぎて度々失敗が続き、山あり谷ありでした。が、なんとか苦難を乗りこえて、大正生まれで夫婦二人揃って元気なのは、集落では私達のみになりました。

　主人の涙を見たのは敗戦の日のみ。その後どんな時も笑顔で乗りこえた人。

　家族も店の人も主人に叱られたことがなく、私も結婚以来一度も口げんかしたこともありません。

一日何度も有難うと口ぐせの主人。私からも有難うです。
いよいよ残り少ない人生の旅、一日一日がとても大事になりました。

嫁ぎ来て七十八年夫やさし後ろ姿を拝むことあり

## 美しき老い

理想的な老後の日々を過ごす、主人の父の日常生活を紹介いたしましょう。

朝五時、枕元の携帯ラジオから流れる放送を布団の中でゆっくり味わいながら七時半に起床。洗面のあと七時四十分と決まった時間に店に出勤。社員の出揃う八時まで新聞を見ながら電話の番と来客の応待。八時十分に本宅に帰り、仏前に礼拝のあとＮＨＫの朝の連続テレビ小説を見ながら朝食。八時四十分再び店に出勤。十二時まで社員と共に、伝票の一枚一枚に目を通し、間違いがあったらやさしく指導、商業学校卒のソロバン玉の音が絶えません。十二時昼食に帰宅。一時までテレビを楽しみながら会食。その後また店の仕事を五時まで務めて帰宅。入浴のあと、楽しみの晩酌がはじまります。飲む程に愉快になるお酒で「妻あり歌あり酒ありて楽し」と、若い人も顔負けの明るさはとても八十歳とは信じられない若々しさです。

色白のつるつるした肌が酔いで桃色になり、ニコニコした笑顔はいつの日も我が家の太陽的存在です。食事はお豆腐、唐芋が大好物でお豆腐は一日も欠かすことがございません。美食を好みませんが、どんな食事でも大変おいしい、おいしいと、最後は必ず大きな声で「御馳走様、おいしいでした」と両手を合わせ合掌。私も気持ちよく食事のお世話が出来ます。

趣味は野球と相撲。長い間予想や記録を残し、琴桜関が我が家に一泊した夜、舅の熱心な新聞の切抜きに驚いて、そのあと何年も交際がつづいております。

それに歌を口ずさむこと。好きで好きで歌謡曲の歌詞をよく覚えて、身ぶり手ぶりで歌うことが長生きの秘訣と如何にも楽しそうに歌います。本当に生まれつきの善人とは舅のことでございましょう。私が嫁して三十五年、お蔭様で一度も叱られたことがございませんし、とても大切に可愛がっていただいて有難いことでございます。

私が短歌を詠むようになって一番喜んでくれたのも舅で、よき理解者でございます。睦子さんの歌の中で一番好きな歌は、

「お浄土は花の宴に君待つと夢につげ給う仏のありき」

「おごそかに顕証寺の鐘鳴り初めぬ晦日の夜のゆらぐ想いに」

等と批評してくれます。そして新聞紙上の、

「同齢の妻と老い来て思いみる末期を見るは汝か我かと」

この歌の通りの心境と申され、限りある人生を想う時、舅と姑との平穏を祈らずにはいられません。

同齢の舅と姑との二人から現在二十七人の子と孫の大家族になり、お盆とお正月は全員集合の大にぎわいになりますが、いつも舅の明るさに我が家はなごやか

な笑いに包まれます。身についた信仰がますます老後の舅を美しく心豊かにつつんで、まわりの人々に温かいものを与えて下さることを身近に感じ、一日を共にする私は心から尊敬しています。美しい老後は舅のようにありたいと願いつつ。

昭和五十五年十一月二十七日記

（「槙」No.１６１号）

## 振り返る日々

綿の如く疲れて寝たる真夜中を県外客にまたも起さる
時ならぬ来客なれど商人の妻なれば笑みを浮べて店頭に立つ
釣天狗自ら気違い沙汰とつぶやきて徹夜の漁場に自家用車を馳る
真夜中に勝手に起こして捨てぜりふ「商売だからよろしいね」と

昭和四十一年の夏、一晩に六回くらいガソリンの給油に起こされていた当時の歌を読み返しながら、感慨一入でございます。

その頃まで、鹿児島県の南薩地方の野間池や秋目の漁場に通ずるガソリンスタンドは我が家が最南端の営業所でしたから、土曜日の晩から夜明けまで県外の釣客が次々に来店。私はその給油係として眠いのを我慢して、少ない夜間で三回、多い時は六回くらい起こされる毎日でございました。寒い冬の日、少しでも早くとあわてて外に出て手袋をわすれてしまい、鮮魚車の軽油を何十リットルも入れる時などハンドルの冷たさに感覚がなくなってしまう時があり、今やっと温まった体が全身冷え込んで、氷のように冷たくなった手足を主人の体で温めてもらったことなど、昨日のことのようでございます。

それでも四人の子供達を育てる一心と店の信用を大切にと思う責任感だったのでしょうか、自動車のクラクションの音が聞こえるとどんなに熟睡していても、どんなに疲れていた時も反射的に飛び起きて、お客様をお待たせしないようにと、一刻も早く走るようにスタンドに急ぎました。勿論派手な寝巻など、あこがれながら着用できず、いつも身だしなみはきちんと整えて、いつ来客があってもすぐとび出せるよう気をつけて参りました。

時たま実家に帰り、今夜はゆっくり眠れると思っても習慣は恐ろしいもので、クラクションの音に必ず目をさまし、どこにいても同じだと苦笑することでございました。お陰様でハッと目ざめて、また床についた途端熟睡できることが私の特技になりました。

昭和四十八年の石油ショック以来、営業時間が規制されたことと、次々にガソリンスタンドが増えたので現在は夜起こされることもなく、ブザーの音に神経を尖らせることもなく一晩中安眠できることは有難いことです。

昭和二年、舅が二十六歳の時、消防団長となり、はじめて自動車ポンプを購入。この時、これからはガソリンの時代が来ると確信、石油類の販売を決意。県下で川内市の藤山商店、鹿児島市の北元石油、吉田石油と共に一番早い石油販売店としてスタートしました。

私が嫁いできた昭和二十年は、手まわしのポータブルでした。

それから日本の経済発展のバロメーターのような石油業界。デザインや性能等あらゆる面で進歩して、目をみはるばかりでございます。

価格の面でも一リットル四十五円で安定しておりましたのに、農協が四十六年十二月にすぐ近くにスタンドを開店し、三円安でスタート。次々にお客様を失う口惜しさに、心ならずも値下げ競争になってしまい、県の役員の方々が案じて足を運んで下さったこと度々でございました。発足したばかりの新しいスタンドとすべての償却がすんでいる当社が競争すれば、当社の方が強いという信念があって、半ば意地を通した頃の思い出も懐かしく、今は主人が地域のまとめ役となって、安売りのお店を案じながら説得にかけまわっているのも皮肉な想いがいたします。

当時にくらべると価格も驚く程値上がりしながら、販売合戦で昔程の利潤もなくむずかしいことばかり山積しております。

昭和二十年八月十五日、終戦の日、何も知らずに疎開先から嫁いで参りましてから四十年、二十歳の花嫁も、今年で還暦を迎えました。

夫も若く我も乙女なりき過ぎ去りし日に戦のありて

敗戦の心にしみる名月を仰ぎて泣きし日は遠くなりゆく

主人の家は地方の旧家として味噌醤油の製造販売、食料品の卸売と石油類販売と手広く商売を営み、私は十六人の大世帯の長男の嫁として、毎日が緊張の連続でございました。

主人は役職が多く店は留守がちになるため、自然と私の責任は重くなりました。誰よりも早く出勤し、従業員の最後の車が退勤するまで仕事に没頭したあと、帰宅しました。大家族の食事の世話、広い家の掃除、洗濯は夜の十一時頃、就寝時間は十二時を目標にして、起きている間中、時間を無駄にできませんでした。そんな家事に明け暮れする日々にも体が慣れて、苦労とも苦痛とも思わなくなって、いつの間にか仕事の虫になってゆく自分を不思議に想う程でございました。振り返る余裕のなかった日々がいとおしく、病気を吹きとばしながら頑張ってきたことが、今はかけがえのない貴重な思い出に思われます。

今年三月、様々な思い出を胸いっぱいに温めながら、成長した子供達に仕事をゆずり、無事定年退職いたしました。

　ソロバンと数字に追われしあけくれを退職の日の深き感慨

定年を迎えて職を退く日なり机片付け涙あふるる

確実に老いは来たりて悲しかり定年退職今日迎えたり

あゝ今日は退職の日なり万感の想いあふれて記帳終れり

老いたりと思うことなく年を経て今日停年の職を終れり

二十四年務終りて我が生も残り少く一日尊し

娘の婿は石油部の主任として、また三人の嫁も明るくやさしくて、八人の可愛らしい孫に囲まれて目を細める幸せな私の現在。一生懸命仕事に打ちこんでよかったとしみじみ感謝する明け暮れでございます。

四世代同居は山積する雑事がいっぱいですが、私を支えて下さった家族やお店の人々、多くの方々に心からの御礼を込めながら、第二のスタートを活き活きと出発したいと念じております。加世田の営業所と鹿児島市の南林寺と卸団地の各スタンドが県下で最も古い灯を消さないよう、子供達や社員の皆さんがそれぞれの立場ではげんでほしいと祈るばかりでございます。

(昭和六十年十月一日)

# 美しい老後

舅が平成二年二月二日九十歳で亡くなって、今年で早三十一年になります。

舅の葬式の日、庭の白梅や紅梅が美しく咲き揃い、生前大事に手入れしていた舅への恩返しかと思う程、印象に残る花盛りでした。それから毎年二月二日は梅の花を愛でながら舅を偲びつつ、仏縁を結ぶことが私の習慣になりました。

あの日から三十一年、梅の木も老木になりましたが、なんとか花を咲かせてくれました。花を愛でながら、やさしい舅の思い出話に花が咲きました。

私がなんとか短歌を続けることが出来たのも舅のお蔭でした。

「今月はどんな歌が出来ましたか」

と尋ねてくれる良き理解者でした。

舅は生まれつきの善人で、町長として、名誉市民として、皆から好感を持たれていました。店の仕事も一生懸命でした。晩酌がはじまると飲む程に愉快になり、「妻あり歌あり念仏ありて楽し」と、全く若い人も顔負けの明るさ。九十歳とは思えない若々しさでニコニコした笑顔はいつも我が家の太陽的な存在でした。

心配性の私に「世の中はなんとかなるから心配しないで」と口ぐせのように言い、大事にしていただきました。朝礼の時は「正直は宝」が口ぐせで、「店の商品は必ず支払いをすること。社員のお手本になりなさい」と指導されました。

心配事がある度に舅の遺影の前で合掌しながら、「世の中はなんとかなる」の声に励まされます。生前の舅の明るさ、皆から祝福された素敵な面影を偲びつつ、美しい老後のお手本にしたいと夢を託しています。

逝きし舅ただになつかし法縁に白梅匂う香はめぐりきて

念仏の花を咲かせて舅逝きぬ在りし日のごと遺影は笑みて

（「黒潮」令和三年五月号）

# 夢の間の歳月

「欲しいものはカメラ、洗濯機、冷蔵庫。せめてカメラを持って、幼い子供達の思い出の足跡を残しておきたい。この自然の美しい景色に恵まれあどけないいたずら盛りの日々の記録をアルバムに整理したい。この夢だけは一日も早く実現させたい」

昭和三十一年六月、私三十一歳の日記です。

里の父はカメラが趣味で、家に暗室まで作り写真展を開く程でしたが、空襲ですべて焼失……。そんな父の影響だったのでしょうか。

残念ながら多忙な生活に追われるまま、九十五年。現在はスマホがあり、大阪に住む曽孫は日常生活の映像を毎日送ってくれ、我が家の何よりの癒やしになっています。

夢の間に歳月が流れ、洗濯機や炊飯器に毎日助けられ、思わず有難うとお礼。便利になった家事のあれこれに感謝の日々です。

それにつけても急速な変化の時代。パソコンは　全くお手上げの私ですが、子供や孫に助けられながらスマホなどのデジタル時代を生きています。


（「黒潮」令和三年十一月号）

老いの坂道　（「黒潮」平成二十九年九月号）　六首

子供等は後の整理に困るから捨てよ捨てよと命令をする

捨てきれぬ思い出ノート日記帳死ぬる時まで私の宝

あの世には身一つのみと知りながら捨てる覚悟の決まらぬ私

にこやかに笑みし遺影に涙する十数年を病みし人逝く

亡き友を心の中で呼んでみる肩よせあいし青春の日々

いつの間に背丸くなり九十年母の遺伝とあきらめつつも

我がひと世　（「黒潮」平成三十一年一月号）　九首

大木の庭のさくらと対話して夢の間に過ぐ九十三年

嫁ぎ来て七十三年さくら木と共に老い来し春を語ろう

大木のさくらの落ち葉掃き終えて最後の一葉を空に見上げる

さくら葉のどの葉どの葉も散り終えて久に見あげる秋の大空

朝々をさくらの枯葉掃き終えて秋空仰ぎ我が心澄む

ため息は空に向かって飛ばしなさいしゃぼん玉のように消えてゆくから

人生は喜怒哀楽のつみ重ねふりかへりみる九十三年

我がひと世泣いて笑って夢の間に愚直に生きて九十三年

人生は出逢いと別れ重ね来てドラマの様な九十三年

涙と笑い（「黒潮」平成三十一年三月号）八首

新幹線家族五人の京都ゆき孫の婚礼夢を託して

新しきスマートな礼服着こなせる背高き孫はイケメン花婿

花嫁は真白きドレスよく似合い笑顔と緊張交互の入場

いとしみて育てし孫の晴れ姿うれし涙を笑いにかくす

両親に愛情たっぷりはぐくまれ素直な嫁に惜しまぬエール

千代八千代契りも固く結ぶ日の晴れの姿は涙にかすむ

久の旅大阪京都人の波日本と思えぬ異国の人々

東福寺もみじの庭に魅せられて名残の庭に笑みてポーズす

さようなら平成の世（「黒潮」令和元年七月号）　十首

主婦業に定年はなし祝日も朝餉の支度手抜きは出来ぬ

お料理はほほえむ様な火かげんで心をこめて家族のために

おだやかにのんびりしたいと思うのみ日々のくらしの忙しさ嗚呼

忙しいは心がほろびることですと佛婦の会で注意を受ける

思いきり泣いて悩んで其のあとで笑えばいいと自問自答す

戦争の痛みは深き昭和なり平成の世の平和に感謝

吹上の砂丘に残照あわ淡と平成の世はたそがれてゆく

我が生れし大正の世は遠くなり昭和平成幕をとじたり

待ちわびる新元号の発表に日本国中テレビの前に

新元号「令和」に決定なんとなくなじめないけどなじんでゆこう

石蔵コンサート（「黒潮」令和元年十一月号）
ギター独演会（丁子屋石蔵にて）　六首

石蔵にひびくジャズの音心地よし思わずリズム手足が動く

石蔵に超満員のお客様ジャズの音に酔い拍手はつづく

繊細なギターの手さばきみとれつつ音色豊かな「星に願いを」

強弱のしらべに酔いて夢心地ギタリスト石蔵に独演

友想うやわらかき曲にいやされてギターの夕べ石蔵に酔う

石蔵にギターの音色心地よくアンコールの声拍手と共に

アフリカの伝統楽器ムビラ演奏会（丁子屋石蔵にて）　六首

初にきくムビラの音色にいやされてアフリカの地に心あそばす

演奏者顔をふりふりムビラ弾く森と大地に祈りのしらべ

タンザニア民族の曲石蔵にひびくしらべに心はおどる

熱演のムビラの演奏ききほれていつしか我もリズムにのりて

平和へのいのりをこめてムビラ弾く熱演つづく石蔵の夜

軽快な狩のしらべに調子とりアフリカの地の草原の景

人生は一度だけ（「黒潮」令和二年三月号）　十六首

ありがとう感謝の気持ちをわすれずに今日のひと日を家族のために

二度とないただ一度だけ我がひと世ただコツコツと重ねゆくのみ

日めくりに学ぶ言葉の多かりき感謝の心笑顔が素敵

人生に近道はなし一歩ずつただ着実に今を大事に

主婦業に日曜はなし朝昼晩ただコツコツと家事に精出す

次々に友は浄土に召されゆき生老病死人事ならず

笑うこと一番大事と知り乍ら泣くのが楽と思うことあり

人生は一度だけだとしみじみと思う夕べにすすきが招く

楽の音と読経の声が心地よく光明寺にて佛縁結ぶ

布教師の法話心にとどめつつノートにメモしてくりかえし読む

古いもの新しいものつみ重ね人生の旅終りは近し

泣き笑い積み重ねつつ我がひと世九十五年夢の間に過ぐ

ふり仰ぐ無限の空にふと思う私を待ってるお浄土のこと

生きるとは多くのいのちいただきて生かされ来つる九十五年

いつの日もやさしき夫に守られて我が人生は幸いなりき

人生の旅路は一度しみじみと我が過ぎ来しを想う初春

音楽会　（「黒潮」令和二年五月号）　十四首

熱演のピアノと三味の演奏にいつしか我もリズムにのりて

息の合うピアノと三味のコンサート母子の演奏夢の世界へ

息の合う母子の演奏心地よくアンコールの声拍手と共に

それぞれの楽器のしらべ調和して秋の夜にきく石蔵コンサート

トロンボーンコントラバスの音色よくアルトサックスピアノに和して

外つ国のトロンボーンの奏者言う鹿児島ステキ石蔵ステキ

四重奏四人の奏者睦まじく真剣に又笑顔もありて

お寺にてシューマンの曲本堂に静かに強くチェロとピアノ

クライスラー「愛の哀しみ」夢心地熱演つづくお寺コンサート

音楽は心のいやし会場はお寺の本堂満たす客、客

きき慣れしエルガーの曲しみじみと「愛の挨拶」しらべに酔いて

ギアニオンの「めぐり逢い」の曲初にきく静かなしらべ心洗わる

歌声にリズムとりつつ思い出す過ぎ去りし日の「黄昏のビギン」

歌声に拍手はつづきアンコールジャズのリズムに調子をとりて

コロナウイルス（「黒潮」令和二年七月号）　十一首

満開の庭の桜に春陽射し生きるも死ぬも無量光の中

死も生も無量の光にみちあふれ散りて悔なし桜花清し

春の陽に無心に咲ける桜花今日の命を慶び讃えん

青春は軍国乙女なつかしき田辺航空面影もなし

ほほえみて集いし友は次々に浄土の旅へ往きて還らじ

おだやかに今日のひと日をのんびりと思うばかりで世の中ゆれる

コロナ病心の波紋伝染し世界経済暗黒の世に

世の中は暗いニュースに支配されコロナウイルス強敵となる

思いきり笑って今日を過ごしたいコロナウイルス消えてなくなれ

日没に海きらきらと輝きてコロナの憂いしばし忘れる

二度とない人生の旅しみじみと我が過ぎ来しを思う月の夜

米寿の祝いに夫・幸一を詠む
病床の夫に寄せて　昭和四十年十月十九日詠　三首

ふけゆける長き秋の夜一人居て柿を食む時悲しさの満つ

夫癒へて帰る日待てば秋の夜を鳴きつぐ虫に我も又哭く

ひとり寝の夜半の静けさ夫恋し想いをつげよ山の端の月

惜別　昭和四十年十二月三日詠　四首

君のなき我が家に穴のあく思い命ありしをせめて慰む

通い慣れし病室の窓開く時身にしむ秋の風流れ入る

あたゝかき善意の友にはげまされ冬空晴れて夫退院す

ふくる夜の木枯の音身にしみてゆく年の日々静かに想う

京都へ旅立ちし夫を想いて　昭和四十二年五月廿七日詠　三首

湧き出る泉の如く愛満ちて旅立ちし夫はるかに想う

君帰る足音待てど空しくも五月の庭は今日も昏れゆく

旅立ちし夫は帰らず小夜ふけてさやけき月にも心乱るる

夫を拝みて　昭和四十五年十月七日詠　三首

父祖の家業守り伝ふる責ありて夫の務の日々にきびしき

セメント醤油大豆砂糖類わが夫はつかれも見せず配達つづく

ゆとりなき日々重ねつゝほゝゑみをわすれぬ夫よただ有難し

昭和六十一年十一月廿二日詠　三首

嫁ぎ来て一度の愚痴もこぼさざる夫を拝みて四十余年経ぬ

深刻に悩める時も夫笑めばなんとかなると救われて居り

作業着に醤油の香り沁む夫は家業守りて還暦を過ぐ

夫病みて　昭和六十三年八月十八日―九月十七日　三首

婿の背に負われし夫は痛風の痛みに耐えて笑顔わすれず

髭《ひげ》のびてまなこ閉じたる夫の手にリズム確かに点滴流る

夫癒えてはろばろ仰ぐ秋の空いたわりて生きむ健やかな日を

表彰式　平成五年二月　三首

壇上に表彰受くる夫の背に苦渋の影なし拍手こぼるる

表彰の夫のかんばせ過ぎし日の七高生のまなじり戻る

いつの日も二人三脚共々にころんでは立つ夫と私と

静かな寝息　平成二十三年八月十日　三首

新聞にカカア天下が円満と夫の一言《ひとこと》題字となれり

夫の手をつなぎて歩くことはなし心と心は結び合いおり

今日ひと日ひたすら醤油工場に働きし夫の静かな寝息

## 子供達、家族全員有難う

夢の間の歳月が過ぎ去り、令和五年三月二十一日、主人の白寿を子供達はもちろん、孫や曾孫の家族全員三十九名が揃って、にぎやかに祝ってもらいました。一番感謝しなければならないのは三男一女の四人の子供達です。

主人はお人好しで度々大きな失敗を致しましたが、その度に子供達に支えてもらいました。「お父さんは心配かけたけれど、おやじとしては最高」が、子供達の口ぐせで、創業三百年を目標に支えてもらいました。

週に一、二回、主人の入浴の手伝いや運転免許証を返納した主人をドライヴ、外食などに連れ出してくれるなど、やさしくしっかりした子供達に支えられながら、こちらこそ心から有難うです。

二人供、人生の終着点は日毎に近付いています。子供達への有難うを口ぐせに、日々を大事に。残り少ない人生の旅路、感謝と笑顔をわすれずに、気力で世界中の平和を祈りつつ。合掌です。

生きている私は今日も生きている
悔いなく生きよう今日のひと日を

令和五年五月十二日

**著者プロフィール**

**吉峯 睦子**（よしみね むつこ）

大正15年６月９日、海江田家の次女として生まれる。
昭和19年３月、鹿児島県立第二高等女学校三十期卒業。
昭和21年４月、結婚、のち三男一女誕生。
昭和39年７月、黒潮短歌会入会、現在に至る。
昭和42年９月、加世田短歌会入会、現在に至る。
著書：『託す想い』（平成27年　文芸社）

## 音楽をともに

2023年８月15日　初版第１刷発行

著　者　吉峯 睦子
発行者　瓜谷 綱延
発行所　株式会社文芸社
〒160-0022　東京都新宿区新宿1－10－1
電話　03-5369-3060（代表）
03-5369-2299（販売）

印刷所　株式会社エーヴィスシステムズ


ISBN978-4-286-24252-1